Atos de caridade

FÓSFORO

CÉSAR AIRA

Atos de caridade

Tradução do espanhol por
JOCA WOLFF E PALOMA VIDAL

Posfácio por
RICARDO STRAFACCE

UM SACERDOTE ENVIADO PARA EXERCER seu ministério em uma região economicamente desfavorecida tem como primeiro dever aliviar a pobreza do seu rebanho mediante atos de caridade. Assim, ganhará a gratidão dos beneficiados e, chegada a hora, as portas do céu se abrirão para ele. Mas ele deve recordar que a pobreza, ai!, não cessará com as doações impostas por sua consciência, sua vocação e a determinação de seus superiores. Adequada para resolver uma angústia momentânea ou uma carência pontual, a caridade não é uma solução definitiva. Essa condição provisória torna necessário que seja renovada no tempo, na forma de um fluir contínuo de bens materiais, para os quais é preciso encontrar uma fonte. Os sacerdotes, respaldados por uma instituição que na sua história milenar acumulou fundos suficientes, podem financiar de sobra as exigências da caridade. Mas também é preciso contemplar o fato de que o ministro da consolação divina deve viver com a dignidade que cabe ao seu ofício e com as comodidades que a criação e o hábito tornaram necessárias para ele. E essas disposições custam dinheiro, um dinheiro que poderia e, na realidade, deveria ser usado para a caridade. É preciso encontrar um equilíbrio, e o bom senso, somado à prudência e ao decoro do sacerdote, o encontrará e o manterá. Não obstante, continua sendo verdade que quanto menos o sacerdote e pessoas próximas gastarem, mais meios ele terá de socorrer o indigente e mais perto estará de obter a recompensa celestial correspondente. Quanto a isso, parando para pensar, surge uma suspeita: não haverá no exercício da caridade uma sombra de interesse, de orgulho, de vaidade? Será que os pobres estão sendo usados como degraus para escalar ao prestígio da santidade? Suspeita que tem fundamento, como é fácil ver, mas que é perigosa por ser dissolvente, como toda dúvida, e até paralisante. Pois a alternativa seria a indiferença diante da dor alheia, o egoísmo. Também aqui o caminho correto é o da prudência, tingida, neste caso, de confiança nos desígnios divinos.

As duas dificuldades mencionadas, a de equilibrar os gastos pessoais com aqueles empregados na caridade e a de evitar a vanglória do benfeitor presunçoso, podem ser contornadas quando o sacerdote segue o exemplo exposto a seguir.

O sacerdote começa levando em consideração que sua passagem pelo mundo é tão fugaz como são permanentes a pobreza e a necessidade. Ele será substituído por outro sacerdote, que se verá diante dos mesmos dilemas. E ele entende que uma boa maneira de praticar a caridade é assegurar que o futuro não a interrompa. E isso não é só uma precaução, mas um ato de humildade, já que o atual caridoso deliberadamente perde pontos de santidade para assegurá-los a quem vem depois. Em outras palavras, e de modo mais concreto, trata-se de desviar hoje o dinheiro que poderia ter ido para os pobres, para usá-lo nas comodidades pessoais das quais amanhã gozará o próximo sacerdote designado para esse distrito, de tal modo que esse próximo sacerdote possa empregar todo o seu orçamento para aliviar a fome e o frio dos necessitados.

Impelido por essas razões que, embora possam parecer um tanto insólitas, se sustentam numa firme lógica, o sacerdote faz coincidir sua chegada ao lugar aonde foi destinado com o início da construção de uma casa. A que já existe e está à sua disposição é velha, estreita, desconfortável, escura, com goteiras, piso cinza de cimento batido, janelinhas sem persianas, rodeada por um quintal ermo, um galinheiro em ruínas e uma roça lamacenta. Para ele serviria. Não precisa de luxos, nem mesmo dos modestos. Seu voto de pobreza, implícito ou explícito, ordena que ele compartilhe com seus semelhantes mais desfavorecidos as duras provas da vida. E o dinheiro de que dispõe seria bom para muitos dos habitantes das redondezas: em suas visitas inaugurais, conhecendo o rebanho que lhe cabe, comprovou a horrível miséria que assola essas famílias desamparadas, vítimas do desemprego, da ignorância e da distância dos grandes centros urbanos. Seria fácil fazer o papel de doador, começando, por exemplo, pela situação mais desesperadora (seria difícil escolher, entre tantas que despertam sua comiseração) e aliviando-a com o que pareceria um milagre. Pois o despojamento reinante ali é tal que o que para ele e os seus seria uma soma insignificante, digamos, o custo de uma guloseima, para essa pobre gente representa semanas de comida. E depois continuar com outros, e mais outros, como uma mancha de óleo que se expande, até ganhar o amor e o respeito de todo mundo na região... Mas deixaria o campo minado para seu sucessor, expondo-o à tentação de se ocupar mais de si mesmo do que do próximo, tanto mais que poderia dizer: meu antecessor fez tanto pelos outros, pensou tão pouco em si mesmo, deixou a sede sacerdotal em um estado tão arruinado, que agora eu bem poderia fazer algo por mim e pelo meu sucessor. E os pobres, além de pobres, mal-acostumados com sua munificência, ficariam sem pão, sem abrigo e sem remédios.

De modo que, fechando os olhos para o sangue que jorra do seu coração diante do estado desgraçado do rebanho, contrata arquitetos, pedreiros, compra tijolos, mármores e madeiras. E empreende a construção de uma grande casa moderna, dotada de todos os avanços e comodidades, e feita para durar, com os materiais mais nobres.

Diante do inocente olhar maravilhado das crianças descalças, equipes rotativas de operários providas por uma empresa de empreendimentos imobiliários começam a erguer uma digna morada. O sacerdote discutiu longamente os planos com o arquiteto. Em cada ponto pensou naquele sucessor, sem rosto e sem nome, que talvez ainda não tenha nascido, mas que já ocupa o primeiro plano em sua mente. Pois a casa será para ele, para que ele a considere esplêndida e acolhedora, tão ajustada ao próprio gosto que não restará nada a fazer nela, nada além de ocupar seus dias no exercício da caridade. Mas com um desconhecido há muito chão pela frente, se se pretende dar conta de tudo; se há uma alternativa entre duas possibilidades, não se deve escolher, mas contemplar as duas. Então o sacerdote se vê obrigado a proceder com uma magnificência que por sua formação lhe é estranha, mas nela avança sem temor de exagerar e sem economizar nos gastos.

Claro que sobre gostos... E as reformas são caras, tanto ou mais que a construção. Então ele deve afinar ao máximo o cálculo em cada passo dado. Mas os homens não são tão diferentes, e a distância se encurta se quem está na mira é um sacerdote pio e entregue à sua tarefa pastoral. Ao construtor só resta então se identificar, pensar em um si mesmo deslocado para o futuro, para quem um antecessor terá aplanado o caminho, deixando uma morada pronta e equipada, de modo que ele não precise se preocupar com sua instalação material e possa dedicar todos os seus afãs ao espiritual e ao próximo. Ele segue seu próprio gosto, estendendo-o aqui e ali, para não deixar passar nenhuma idiossincrasia inesperada. Na dúvida, adota a solução salomônica, não dividindo e sim duplicando. Faz isso, por exemplo, na localização dos banheiros; sabe que há proprietários que preferem as chamadas "suítes", quer dizer, com a entrada direta do quarto; enquanto outros têm horror a essa disposição, convencidos de que o banheiro deve dar para um corredor. Faz, então, dois banheiros principais, um com o banheiro suíte, o outro com o banheiro ao lado, no corredor. O problema perde pertinência à medida que o projeto vai se definindo e a quantidade de quartos e banheiros aumenta, organizados de muitos modos diferentes, para deixar satisfeito não só o eventual dono da casa, mas todos os seus hóspedes e visitantes. Uma alternativa não passível de solucionar mediante a multiplicação se dá com a cozinha: ali se trata de escolher entre uma cozinha "aberta", quer dizer, sem a parede que a separa da copa, e uma "fechada", com essa parede. Difícil decidir, na medida em que é uma preferência feminina, da usuária habitual da cozinha, então nessa matéria o sacerdote só pode especular. Há mulheres, ele pensa, que podem querer mais intimidade para cozinhar, menos intromissões, enquanto outras não gostariam de se sentir isoladas do resto da família que conversa ou se diverte com algum jogo de tabuleiro na copa. A porta de correr parece a síntese superadora, mas, depois de madura reflexão, não é preciso síntese alguma, bastando fazer a cozinha suficientemente grande de modo a instalar nela uma copa, se assim se quiser, e fazer, além disso, outra copa separada.

A casa tem dois andares, três contando os sótãos e as mansardas. Ou quatro contando o subsolo, onde fica a área de trabalho; é um subsolo só pela metade, porque o térreo propriamente dito, o "*piano nobile*", está elevado. Neste há salões sucessivos, numa espécie de circuito que captura, pelos generosos janelões, a luz de todas as horas do dia. Uma antessala à qual se tem acesso depois de subir os doze degraus da escadaria de entrada, passando por um vestíbulo alongado, é o único ambiente desse andar que não dá para o exterior. O que não a priva da luz diurna, pois uma grande arcada a comunica com outra sala, com as mesmas dimensões, que se abre para a galeria traseira da casa e recebe os raios do sol. Os dois salões gêmeos cobrem os gostos diferentes da luz e da sombra, das reuniões (ou meditações solitárias) tanto no fresquinho do verão, com as portas abertas à galeria externa, quanto na calidez invernal, com o amor das chamas da lareira, da qual a sala dianteira está provida. A alternativa contemplada é a preferência pelos espaços grandes ou pequenos, o majestoso ou o íntimo. À direita das grandes salas, um labirinto disposto em um arco sobre a fachada lateral, com pequenos quartos que satisfazem o gosto pela intimidade; poderão ser usados como escritórios, salinhas de passagem, arquivos ou dormitórios para um hóspede extra ou algum residente que prefira ficar longe dos quartos principais do andar de cima. Um banheiro principal e dois menores servem essa área. Num canto do arco, dois quartinhos sem vista atendem à possível necessidade, por motivos de concentração ou outros, de um severo enclausuramento. As preferências por ambientes grandes ou pequenos não são excludentes: o psiquismo de uma mesma pessoa pode se inclinar, em diferentes circunstâncias, momentos ou horas do dia, a uns ou a outros.

Já à esquerda dos salões surge a grande sala de jantar, de vinte metros de comprimento, e, contíguo, um pequeno salão chinês octogonal que pode servir para refeições formais com poucos convidados, e um terceiro, de uso diário, ligado ao espaço de monta-cargas que desce até as cozinhas. Mas há outra cozinha contemplada nesse andar, pois a organização doméstica do futuro dono pode optar entre a informalidade de uma governanta que cozinhe ela mesma e uma que se faça servir por pessoal especializado; no primeiro caso, as cozinhas do andar inferior poderão se transformar para qualquer outro uso e se comunicar com o setor do subsolo, ao qual se desce não pelas escadas de serviço, mas por outra mais importante; nesse setor, encontram-se a sala de bilhar e vários espaços para hobbies, estúdios de gravação ou revelação de fotos.

Em um ângulo do "*piano nobile*", privilegiado por sua localização, está a grande biblioteca, que tem seu complemento, a pequena biblioteca, no andar de cima, de modo a dispor de uma provisão de leitura próxima dos quartos. Esses vão das maiores às menores dimensões, com vistas aos quatro pontos cardeais, e estão intercalados, não só entre a biblioteca, mas entre pequenos salões, galerias e duas pequenas salas de jantar, uma em cada ponta. Há quartos com ou sem salinha particular, isolados e comunicados, todos com sacadas e alguns, nos extremos de ambas as alas, com varandas.

Sobre esse andar, uma longa fileira de quartos pequenos, mas confortáveis, bem ventilados e iluminados, para o pessoal de serviço, se houver, também com suas salinhas, seus vestíbulos, seus banheiros e espaços amplos de depósito. Um mirante com cúpula e muro circular de vidro é o ponto mais alto da casa. Os diversos andares, do subsolo ao mirante, estão conectados por escadas, as mais visíveis de mármore, com ferros forjados e bronzes, as secundárias em madeira ou granito, todas de elaborada arquitetura. Mas é preciso pensar em impedimentos ou fadigas, então o sacerdote destina um vão vertical no topo da construção para instalar um elevador. Não teria vacilado em encarar o gasto principal de um de tecnologia avançada, mas reconsiderou: quanto mais inovador for o mecanismo, mais necessidade haverá de um técnico especializado em caso de defeito, e, nesse ermo, a chegada de um profissional pode levar tempo e ser um gasto considerável; assim, opta por um elevador antigo, quase anterior à invenção do elevador, de funcionamento hidráulico (é o mesmo que foi instalado, no século 18, por Frederico II, o Grande, em seus palácios de Potsdam), primitivo, mas, sendo primitivo, engenhoso e perfeitamente funcional. Basta um mínimo de habilidade mecânica para desvendar seu mecanismo de polias, roldanas e contrapesos, uma habilidade ao alcance de qualquer jardineiro ou motorista. Como é preciso fabricá-lo sob medida, custa muito mais caro, cinco vezes mais, do que o modelo mais avançado; mas é um gasto que, como o do projeto todo, compensa-se no tempo pela economia futura.

Não é necessário entrar em mais detalhes. Quem entra, de fato, e vai até as entranhas do detalhe, é o sacerdote, durante longas jornadas de estudo, reflexão e conversa com os arquitetos. Uma dúvida penetra nessas sessões; mais que uma dúvida, a suspeita de um perigo: o de estar criando um monstro. Porque a realidade consiste em seres e coisas em que todas as possibilidades, menos uma, foram descartadas. No real, não convivem alternativas opostas. E o que mais ele está fazendo além de pretender que convivam? Dos monstros, pensa, há muitas definições, mas o essencial deles é a coexistência de possibilidades entre as quais se deveria escolher. E a casa que está sendo erguida se ajusta temivelmente a essa descrição. Ou se ajustaria se ele chegasse lá, se realizasse em toda a sua extensão e profundidade seu projeto: fazer uma casa que seja ao mesmo tempo grande e pequena, majestosa e humilde, melancólica e alegre, oriental e ocidental, isso e aquilo... A pretendida casa ideal pode terminar causando horror, como uma invenção demoníaca. Pois Satanás opera justo com essas armas: com a irrupção sorrateira das possibilidades na realidade...

Depois de umas noites de insônia revirando a questão, ele se tranquiliza. A dúvida se torna transparente, se dissolve, como um pesadelo cuja lembrança não resiste aos embates do dia. Afinal de contas, a casa será real, e muito real (essa é a ideia), as possibilidades terão sido escolhidas, e será tão bela e harmoniosa como permitir o bom gosto do seu criador, cujas dúvidas terão sido sepultadas, ou melhor, emparedadas, pela matéria inelutável.

E, efetivamente, a casa começa a ser erguida e sua realidade a luzir como um verdadeiro prodígio, ou promessa de prodígio, nessa comarca pobre onde nove de cada dez famílias se amontoam num só cômodo de lata, compartilhado não só pelos numerosos rebentos da promiscuidade e da ignorância, mas também por cachorros, galinhas e porcos. Os moradores se achegam para admirar, sem compreender muito, e sem criticar; a crítica está acima de suas capacidades intelectuais, enferrujadas pelo abandono, assim como a compreensão. Mas esta última, mesmo se superada a distância puramente intelectual, continuaria fora do seu alcance, porque, uma vez que o empreendimento é um ato de caridade, diferido para eles, os inclui, é parte deles, e compreendê-lo equivaleria a compreender a si mesmos e, de certo modo, a deixar de ser pobres.

As equipes de pedreiros, técnicos e artesãos vêm da cidade. O sacerdote desiste de empregar mão de obra local, embora pudesse ter sido proveitoso para a região, pois teme as demoras e as imperfeições que poderiam derivar da falta de idoneidade profissional. Embora trabalhe para o futuro, e em boa medida para a eternidade, há certa pressa. Por um paradoxo digno de Oscar Wilde, mas mais de Tomás de Aquino, a eternidade deve ser assegurada não no curto, mas no curtíssimo prazo. E é preciso fazer isso direito.

Parece com uma operação relâmpago, que lembra a prestidigitação ou o tangolomango. Mas, claro está, não é assim nos fatos, porque erguer paredes não é algo que se faça sozinho, ou com um feitiço, mas que obedece o passo a passo da realidade. De modo que o sacerdote, na metade do dia, depois da discussão matutina das questões de logística e antes do balanço vespertino e da organização dos trabalhos do dia seguinte, depara-se com uma quantidade de horas vagas, que emprega percorrendo o povoado e as imediações, coisa que mal tinha feito até então, no turbilhão dos preparativos e realizações iniciais. Conhecer seu rebanho e avaliar seu estado material e espiritual é uma parte essencial do seu ministério, sacrificada até este momento em prol do futuro. Se o faz agora é porque tem tempo de sobra; de outro modo não o faria, porque sabe que está trabalhando para que seu sucessor (e toda a série de sucessores, já que a casa está pensada para um longo uso) não tenha que postergar esse conhecimento.

O que ele vê o entristece: vista de perto, a miséria é mais atroz do que supusera. Quem sabe, pensa num primeiro momento, é efeito do contraste entre as visões que ocuparam sua mente nessas últimas semanas, as visões arquitetônicas de beleza e conforto, e o inacreditável despojamento no qual vive essa pobre gente. Mas não é isso, embora possa acentuá-lo. Não é preciso contraste algum para ele tomar plena consciência do que significa viver sem um banheiro, sem móveis, sem espaço, dormindo em esteiras infestadas de insetos, com telhados de palha dos quais escorre uma umidade com cheiro de decomposição. A fome, a desnutrição, a doença são a moeda de troca do comércio entre crianças e adultos, jovens e velhos, homens e mulheres. Aromas nauseabundos freiam a entrada do sacerdote nos casebres escuros; em uma exaltação de horror e piedade, sua fantasia supre o que não vê. Apenas a metade da desgraça é visível: a outra metade, intricado nó de causas e efeitos, é a ignorância. O vício inocente, animal, a falta de perspectivas, a dissolução dos horizontes numa sobrevivência cotidiana atordoada, a morte da esperança. Seu coração sangra. Diante dele se desdobra, paisagem desolada banhada pela luz angélica da religião, o campo da caridade. Está preparado, pronto para que a estaca afiadíssima da compaixão abra um sulco profundo nele.

Mas esse sulco demorará a se abrir, tanto que não será ele, certamente, a fazer isso. Só de pensar, a dúvida o assalta. Sabe que o raciocínio no qual se baseia o empreendimento que iniciou é correto e, mais que correto, é justo, mas o coração tem razões... Seu coração sangrou ao ver o chocante estado de necessidade que o rodeia, e já sem sangue se contraiu num espasmo de angústia ao pensar que, com o mesmo dinheiro que está gastando na edificação da casa, poderia aliviar muito essa dor; por exemplo, daria para construir um complexo de casinhas com as comodidades básicas para levar uma vida higiênica e civilizada; a metade da população da região ficaria bem instalada e sobraria para fazer uma escola e um ambulatório... Mas nesse caso a casa do sacerdote continuaria sendo a morada arruinada e deprimente que é; no máximo, com algum resto surrupiado à caridade se poderia fazer algum remendo.

E nesse caso (aqui o sacerdote retoma, como quem alcançou o ponto mais alto da ladeira e empreende a aliviada descida, o curso firme das razões que já tem bem trabalhadas) seu sucessor pode chegar a se desentender com os sagrados deveres da caridade, embarcando nesse satânico provérbio: "a verdadeira caridade começa em casa". Ou, se não se atreve a tanto, pode dizer, contemplando esse complexo de caprichosas casinhas construídas por seu antecessor: "tudo foi feito". Seria um erro portentoso, porque a caridade nunca está totalmente feita; sem mencionar que, para satisfazer as necessidades habitacionais de tanta gente, com um orçamento fixo, seria necessário empregar materiais baratos e mão de obra não especializada, de modo que as famosas casinhas já teriam começado a se degradar. Não, certamente não estaria tudo feito; essa gente, ignorante, criada na sujeira e no abandono, sem regras de urbanidade, contribuiria vigorosamente para a degradação de seus domicílios. Portanto, o que deveria ser assegurado era a continuidade do trabalho de beneficência caridosa, de educação, de civilização. E nada melhor para assegurá-lo que deixar preparada, para muitos sacerdotes sucessivos, uma instalação perfeita. Então sim, terá tudo para dar, já que não precisará de nada para si. E se ele agora não pode dar nada, é porque na realidade está dando, e dando em segredo, o que é mais valioso.

Esse consolo autoimposto o faz voltar com impulso renovado ao trabalho da casa esplêndida, a casa do futuro. E com o passar dos dias não tem mais tempo para continuar se amargurando com a condição dos indigentes, pois uma vez que a estrutura está pronta ou a ponto de ficar pronta, seus trabalhos se multiplicam; seria quase possível dizer que começa, porque as paredes e o telhado são apenas o esqueleto, o qual é preciso revestir com tudo o que torna uma casa habitável. Ele já decidiu em que andares haverá mármore (em quase todo o "*piano nobile*", exceto na grande biblioteca e nos quartos da ala oeste), em quais madeira, em quais pisos antiderrapantes de pedra vulcânica; estes últimos, num cinza-azulado, são para as áreas de serviço, cozinhas e lavanderias; as madeiras, carvalhos da Eslavônia, e diferentes assoalhos e parquetes, para o andar de cima, as mansardas e os sótãos. Para a grande escada auxiliar, assim como para o revestimento das colunas dos salões, mármore rosa do Irã; branco, de Carrara, para a escadaria da entrada principal e as da galeria traseira. O mármore o obriga a certas delicadas prudências, pois é um material que tende a inibir, na medida em que é associado à solenidade ou à distinção típica da corte, apesar de isso poder também agradar aos outros ou lhes dar um senso de importância, pondo-os em uma órbita de ação executiva de alto voo. O sacerdote tenta conciliar ambos os aspectos por meio de um modelo suave de rodapés e de escada, de modo a obter uma importância não intimidante.

Para os banheiros, manda fazer armários sob medida com treliças de uma madeira clara e cálida; nos toaletes, situados longe dos quartos, azulejos pretos e brancos que dão um ar de inocência infantil. Vigia os polimentos, testa as ceras e já está pensando nos tapetes.

O passo seguinte, uma vez que não é simultâneo, são as paredes, para as quais estão previstos três tratamentos clássicos: a boiserie, o papel de parede e a tinta. A escolha da madeira para a boiserie, realizada por meio de catálogos e amostras, leva-o a percorrer o amplo espectro que vai do humilde peritibi aos preciosos cedros. Os talhados, com motivos florais, vegetais, animais, marinhos, com volutas e geometrias caprichosas, tudo em simetrias distantes, que são menos ressonâncias do que lembranças impossíveis de situar, calcadas em modelos do passado e realizadas por artesãos em diferentes cidades, começam a chegar junto com os papéis e tecidos, alguns comprados por catálogos, outros feitos sob medida: damascos, brocados e sedas cobrem as paredes dos salões que começam a ganhar cor; os tetos artesoados, em favos, são folheados com um dourado velho de modo a absorverem a luz. Alegres papéis florais são adequados para algumas paredes dos quartos, para outras, o bistre rosado do pergaminho ou o azul-noturno do algodão de Bengala. Em alguns casos, poucos, são retirados e substituídos, uma vez desaprovado o efeito, que nunca é particular, mas de conjunto e contraste. É preciso cuidar da harmonia na variedade, evitar a monotonia sem cair em excessos de distração; e se antecipar ao que será proposto pelos quadros e pelo mobiliário. Para as áreas secundárias, escolhe-se como tinta o látex untuoso em tons neutros, embora não tão neutros a ponto de não poder sugerir camadas metalizadas ou aquosas.

A partir de certo momento, e depois de dar sua aprovação para as tediosas instalações de água, aquecimento, eletricidade, sanitários, e uma vez que os revestimentos escolhidos para pisos, telhados, paredes, portas e janelas estão luzindo, o sacerdote sente que uma etapa está cumprida e pode começar a concentrar seus esforços na seguinte. Seu foco de atenção esteve o tempo todo, e continuará, no sucessor do cargo, segundo o plano original que o moveu à ação. Nem por um instante perde de vista que está fazendo uma casa apenas para que seu habitante encontre satisfeitas nela todas as suas necessidades, não perca um pingo de tempo ou pensamento e possa dedicá-los inteiramente ao próximo; de certo modo, está erguendo um monumento à Caridade. Mas também está fazendo uma casa e é inevitável que ocupe a mente com as questões práticas do momento. Neste instante, está mais ou menos satisfeito de ter acabado o que poderia chamar "a casca" da casa, podendo passar ao seu conteúdo. Não é pouco o que fez, porque essa "casca" teve duas caras: a exterior, que são as fachadas, telhados, telhas, toldos, varandas, cornijas, chaminés, batentes, molduras; e a interior: pinturas, revestimentos, artesoados, pisos. Dentro, haverá outras camadas, exteriores e interiores, por mais que tome os espaços em bloco, como se propõe a fazer. Camadas que o aproximam, ao mesmo tempo que afastam, de um centro que ainda parece muito remoto. E esse centro, ele o compreende como uma revelação, é a Caridade, que ele entrega ao outro. Por isso toda essa aproximação. Porque o que pôs em jogo no empreendimento, com supremo desapego, foi sua própria morte.

Seja como for, a etapa que se inicia é inumerável e, a priori, parece infinita. Como ele se propõe a deixar completo o enxoval da casa, com a última xícara de chá e a última toalha em seus lugares, pronta para ser habitada assim que estiver terminada (embora na realidade não o faça para ele, mas para um sucessor que não conhece nem chegará a conhecer, a não ser depois de sua morte, sabe-se lá quantos anos depois), terá que pensar em tudo e se ocupar de cada parte, grande ou pequena, desse tudo. Falar de "infinito" é um exagero, pois o que cabe em uma casa é limitado; a casa mesma é o limite. Mas, de acordo com seu raciocínio, essa aproximação assintótica do centro, do menor e do central (a colherzinha de café, o adaptador de tomada), parece não acabar nunca. Os móveis de cada um dos muitíssimos quartos, os enfeites, os objetos úteis para cada episódio da vida cotidiana... Mas, ao mesmo tempo, essa proliferação lhe oferece uma vantagem que ele não teve no projeto e na construção da estrutura: poderá contar com variações mais flexíveis para satisfazer as necessidades desse futuro habitante para o qual não deixa de apontar com seu pensamento.

É o momento de se parabenizar por ter multiplicado os ambientes: o número permite satisfazer gostos e hábitos diferentes, até opostos: seja a inclinação pelo moderno, pelo conforto, pelo design, incluído o vanguardismo moderado, seja senhorial afrancesado, ou inglês, sejam as austeridades medievais ou a humildade das cadeiras de palha e do catre de campanha... Claro que é mais fácil dizer do que fazer, mas de todos os modos constitui um desafio à engenhosidade e à invenção na arte do mobiliário.

Os catálogos das melhores casas se empilham no escritório do sacerdote, mas não bastam. Thonnet, Chippendale, Jean-Michel Frank, Boulle começam suas rondas elípticas, cruzando-se, sobrepondo-se, procurando a harmonia na diversidade. Antiquários de três continentes embalam e enviam seus tesouros. Uma cama Império, dotada de garras de ouro, responde do fundo de um quarto a uma pesada cortina de veludo cotelê verde com gavinhas carmesim. Numa escultura indiana de gesso, uma decoração Ganesha, quase piadista, preside em sua aura diminuta um grande tapete de *djinns* azuis sobre fundo creme. A fragilidade de cadeirinhas e gueridons Luís XV, como se sustentados com os fios invisíveis do marionetista, recebe a luz floreada dos janelões da manhã... A casa vai se enchendo, como um paciente quebra-cabeça. O perigo é acabar sendo uma espécie de bazar ou mostruário; o sacerdote é consciente de que deve obedecer às forças opostas; a da diversidade para agradar em algum ponto ou linha ao futuro habitante de quem não sabe nada porque ainda não existe; e a da coerência, que torna atraente a casa como um todo. Na conciliação é onde coloca o melhor do seu esforço, adotando, para alcançá-la, um substrato atemporal, entre vitoriano e art déco, no qual os toques peculiares ou exóticos sejam detalhes, notáveis e gratificantes, mas também discretos.

Embora reserve para si a direção e a supervisão, e a última palavra, em todo o trabalho conta com abundante ajuda, que escuta e leva em conta. É acompanhado durante extensas jornadas por arquitetos e decoradores, que prolongam as noitadas em conversas depois do jantar. Suas confidências se tornam mais particulares com os ebanistas, artesãos rudes, de marcado vigor físico, mas com delicadezas quase femininas no polimento e detalhe de seus trabalhos. Sente uma afinidade secreta com eles, porque, a seu modo, está criando também uma obra, no momento ainda invisível, mas que será tão real e tangível como a deles: um homem, um sacerdote como ele, a quem está antevendo e cuja santidade está polindo. Chegou a amar esse homem, a considerá-lo um pouco como o filho que não terá; prefere não pensar que se está sacrificando por ele, que por ele está se negando a realizar a beneficência que manda seu ministério e que tanta paz traria à sua alma: ele a está realizando, de um certo modo, um modo deslocado e futuro.

O que nota com desânimo (mas é uma oposição que o estimula e afirma) é o desdém dos artesãos e profissionais que trabalham na casa pela caridade. Eles veem com naturalidade, e até consideram de plena justiça, que ele construa uma luxuosa mansão relegando ao esquecimento o auxílio aos necessitados: segundo a visão que sustentam, eles merecem o estado em que vivem, por falta de laboriosidade ou de mera vontade de superação; o que lhes derem, dizem, só servirá para prolongar sua pobreza.

Não conhecem outro estado e, por não conhecê-lo, estão satisfeitos com o seu. Mesmo em termos práticos, sem necessidade de entrar em considerações morais, ou históricas ou sociológicas, é evidente que a pobreza e, a fortiori, a miséria são um estágio da sociedade e, como tal, impossível de erradicar. E que necessidade há de erradicá-las? Eles vivem felizes com suas carências, que não reconhecem como tais.

A isso se opõe energicamente o sacerdote: não só por dever confessional, mas por uma profunda convicção própria. É seu dever, diz, e o dever de todo privilegiado, contribuir para aliviar a sorte dos despossuídos. É preciso tirá-los do desespero para que brote neles a chispa da dignidade, da decência básica sobre a qual possam erguer as demais virtudes. Nisso é irredutível; sem querer se faz admirar pelos seus interlocutores, ou, ao menos, os reduz ao silêncio. Longe de ser uma fuga ou distração da caridade, sua casa é um monumento para essa rainha e coroa das virtudes divinas. Pois está destinada a torná-la perfeita. De certo modo, é um monumento prático, ativo, uma máquina silenciosa e eficiente de produzir caridade.

Mas essas reflexões teóricas se tornam raras, na medida em que se intensifica o trabalho de preencher a casa. Os móveis, conforme vão chegando, ocupam um lugar, depois outro, deslocando-se, modificando suas disposições num jogo de acerto e erro, que parece com o da evolução das espécies. A paisagem interior pouco a pouco vai tomando forma. Ao pendurar as cortinas, é como se instalasse também, na forma de leves baús de ar, a luz. E o trabalho começa a se prolongar pela noite, com a instalação de lustres, abajures, lâmpadas, quando a dança das sombras renova e transforma as belezas diurnas.

O sacerdote sente que a viagem para o centro se acelera quando começam a chegar, em caixas e contêineres que se empilham como novas pirâmides faraônicas, os utensílios de cozinha, que ele chama brincando de "a folia". Vasos, toalhas de mesa, quadros, louça, enfeites. Mantém-se o sistema de variação ampla. As porcelanas e cristais se alternam com louças rústicas, a prata dos talheres com o bronze profundo. Não há bebida quente ou fria para a qual não estejam previstas em alguma dispensa a xícara ou taça adequada; não há flor pela qual não espere um vaso, Ming ou não, no qual possa luzir melhor. É preciso evitar a ostentação, é claro. No entanto, a ostentação é ardilosa, já que se amplifica ao ser escondida. As somas investidas até aqui, na quantidade que foram, tornam-se pequenas diante dos gastos finais em obras de arte. Quadros de grandes mestres nas paredes, elegantemente isolados, realçados em lugares de honra ou quase ocultos, como se pedissem para ser descobertos, aquarelas em alguns quartos, delicadas representações vegetais, ou marinhas ou montanhesas, ou pequenas cenas domésticas do passado, gravuras antigas e esculturas de silenciosa presença, semiocultas atrás dos sofás, iluminando um canto ou ressaltando uma perspectiva de portas abertas. Os biombos, com o movimento imóvel de suas dobras, explodem em flores, cervos ou bodisatvas volantes.

O lado estético é só isso, um lado. Há outros dos quais se ocupar: colchões, roupa de cama branca, aquecedores, produtos de limpeza, de cozinha e de banheiro. Quando o sacerdote recebe uma remessa de sabonetes brasileiros que encomendou e apalpa a suavidade amazônica nos ângulos de uma das barras, sente que está muito perto desse centro no qual a vida já está acontecendo. E se aproxima ainda mais quando põe ramos de flores frescas nos vasos e comida nas despensas... E ainda mais, ou assim ele acha, quando começa a encher as estantes da biblioteca. Não quer que seu sucessor distraia um só tostão de seus deveres sagrados de assistência ao pobre na compra de livros, então adquire toda a leitura que pode ocupar uma vida inteira. A escolha não é difícil: clássicos, enciclopédias, romances, poesia, história, ciências. À medida que arruma os milhares de volumes, é envolvido por devaneios sobre o futuro leitor: antecipando seus gostos, seus interesses, a travessia de um livro a outro, suas escolhas diante de uma passagem deste ou daquele romance, diante de um verso de um poeta favorito ou diante da argumentação de um filósofo, define com contornos mais claros esse homem para quem trabalha, e já acredita vê-lo, aureolado na santidade que ele lhe preparou, adorado pelo rebanho no qual derrama, sem guardar nada para si (porque não precisaria), os dons da caridade mais pura e abundante.

Mas o futuro ainda não chegou, falta muito. Ele já deu início, muito tempo antes de a casa ficar pronta, aos trabalhos do entorno, que julga tanto ou mais importantes do que a casa em si. A plantação do parque se iniciou, sob as ordens de paisagistas especializados, junto com a escavação dos alicerces da casa. E agora que ela se encontra ornada e disposta, o sacerdote volta o olhar para o exterior. Um jardim formal à francesa se estenderá por duzentos metros a partir das esplêndidas escadarias curvas da fachada posterior: cercas vivas piramidais cuidadosamente podadas, caminhos de ervas aromáticas, canteiros de flores, arvorezinhas de copas redondas alternando com estátuas e, no trevo central, uma grande fonte com um dilúvio de jatos cruzados, cujos arco-íris deixam ver um grande grupo escultórico. Dois longos alpendres abrem seus arcos como asas para o parque propriamente dito, com hectares de grama, pequenos bosques de essências exóticas, bambus, elevações criadas com a terra da escavação do lago artificial e acompanhadas por caminhos de flores, rochas trazidas de muito longe para inventar pitorescos afloramentos e mata densa, com vegetação rasteira. Os pássaros alegram esses matagais e o lago é semeado de carpas e lúcios, além de trutas prateadas.

Nesses afazeres ao ar livre, o sacerdote volta a dispor de mais tempo, não porque haja menos trabalho, mas porque o tempo vegetal, ao qual se entrega, é generoso. O confinamento que se impôs pelas exigências da casa agora é compensado com jornadas de caminhadas pelos milhares de caminhos do parque. Ele se detém aqui e ali para admirar uma flor ou um cogumelo, para ouvir o trino de um pássaro ou meditar sobre o exemplo que dá a formiga laboriosa. E ama ver aparecer, em perspectivas cambiantes, ou descobrindo pudicamente entre as folhagens, os perfis do palácio de sonho que construiu.

Mas as caminhadas, por uma característica natural, tendem a se estender, e é assim que chega aos confins do parque e os ultrapassa, chegando às casas (se é que podem ser chamadas assim) dos seus fiéis. O que vê o aterra. Passou muito tempo isolado, absorto na sua obra, e embora tivesse essa pobre gente em mente, como um objetivo ou como uma missão, a realidade concreta dela se desfez para ele. Agora pode comprovar, com arrepiante surpresa, que o tempo correu em ambos os sentidos, e no sentido da miséria foi arrasador. Dos buracos sombrios dos barracões, junto ao fedor da convivência de humanos e animais, procedem olhares receosos, obscuros como as trevas nas quais vivem. Mulheres envelhecidas pelos partos constantes, pelas privações e pelos maus-tratos fogem para ocultar seus farrapos e seus pés descalços, deformados pelo frio. Crianças nuas, com a barriga proeminente e enormes olhos de medo, o assistem passar. Os anciãos, que aqui já o são aos quarenta anos, mostram os rastros da idade em paralisias, cegueiras ou idiotizações várias. A doença reina e a quem não mata torna mais forte ou muito pelo contrário. Os homens esquivam seu olhar, envergonhados. O gemido do sofredor, a tosse do tísico, o pranto dos parentes são a única música dessas paragens de desolação. O deterioramento da situação lhe parece abismal, embora não possa fazer a comparação exata com a última vez que a avaliou, porque passou tempo demais e, na mente tão ocupada com outras questões, as lembranças se misturam. Acredita, de maneira razoável, que a miséria é sempre miséria, sem quantificação.

O choque que essa visão produz nele, somado e contrastado à sensação recente de ver sua obra (a casa) ainda inacabada, mas já inteiramente visível, concreta, realizada, o faz refletir. É verdade, diz a si mesmo, que o que custou um só dos móveis lindos da casa, um só dos tapetes de Bokhara, um só quadro ou estátua...

até um só garfo de prata lavrado por um ourives florentino, bastaria para erguer um bairro inteiro de casinhas decentes, com instalação sanitária e aquecimento. Ele sabe que está justificado na profundeza de sua consciência, mas pergunta a si mesmo se o mundo não poderá tachá-lo de egoísta... Egoísta, ele! Que tudo fez por outro. Suas vísceras se retorcem diante dessa monstruosa acusação. E um gênio interior maligno ou burlesco o leva a se mortificar ainda mais, pensando que talvez seu próprio sucessor, o destinatário de tudo o que fez, precisamente ele, levante essa recriminação... Mas aí, no fundo da angústia que pode lhe causar essa hipótese, encontra a saída: na realidade nunca teve a intenção de se explicar, por exemplo, deixando uma mensagem para seu sucessor; sua obra é secreta e todo o mérito dela ficará como um segredo compartilhado entre ele e Deus. O que importa a imperfeita justiça humana... Mas ele recua diante desses pensamentos, pois não quer cair na soberba da santidade, nem na tentação do martírio.

Recua igualmente diante da visão dessas cruéis realidades, que o levaram a forjar ideias perigosas para o seu equilíbrio. Volta para sua casa, na qual ainda tem muito a fazer, e não verá mais os desgraçados do mundo.

À casa falta algo, com efeito: ser vivida. Não quer que seu sucessor se depare com uma fria construção material que ninguém usou. As casas vividas, os objetos usados e amados, têm uma calidez insubstituível. A isso se dedica dali em diante, com um emprego plácido do tempo, recompensa dos longos e extenuantes trabalhos que o precederam.

Morando nela descobre, com o transcurso de sua própria vida, que à casa ou, quem sabe, à própria vida ainda faltam coisas para que a instalação do seu futuro habitante fique completa. São coisas pequenas, que só se revelam quando chega a hora. E completando-as pouco a pouco, amorosamente, vai embora o resto do lapso de permanência na Terra que a Providência lhe concedeu. Cada dia sente que está um pouco mais perto desse centro pressentido, que não é espacial, mas um ponto no tempo, no qual está confinado, e revelado, o mistério da Caridade. Chegou a identificá-lo com um homem, o que ele criou à força de pensá-lo e, a seu modo, de obedecê-lo. A casa está cheia desse desconhecido esperado e querido: tudo foi feito para ele, de modo que não chega a surpreender que sua presença dê forma, em negativo, a cada canto da casa. Sem deixar de ser um homem, um só homem, é muitos, de certa forma é todos. Daí que nada possa ser para ele, a priori, alheio. Qualquer acaso vital que passe pela mente do sacerdote é verossímil. O xadrez, por exemplo, no qual pensa um dia por uma associação casual de ideias... E se ele gostar de xadrez? Por que não? E se apressa em mandar pedir um tabuleiro e peças, e uma mesinha, e até um relógio caso ele leve a sério (por que não?), além de um tabuleiro portátil, magnético, para levar numa viagem ou numa caminhada pelo parque, e uma pequena, mas completa, biblioteca de xadrez... E como quer que tudo seja vivido antecipadamente, desenterra seus conhecimentos do jogo e o pratica...

A morte o surpreende (embora não seja uma surpresa, porque o tempo passou e chegaram os achaques da velhice, o declínio e a paz interior do propósito cumprido) num de seus afazeres. Já doente, recluso no seu quarto e na cama, lembra-se de uma fugaz paixão infantil pela filatelia. E como já se tornou uma segunda natureza aplicar cada pensamento a seu sucessor, pensa na alegria que poderia lhe dar, na sua chegada, uma boa coleção, quanto tempo poderia lhe liberar para se dedicar ao socorro material e espiritual dos fiéis. Ele entra em contato com lojas especializadas e compra um monte de selos, coleções de diversos países, álbuns, pinças, catálogos. Com carinhoso cuidado, ele arruma nos classificadores esses diminutos quadradinhos dentados de papel, encantando-se com suas cores, suas figuras, com suas evocações de países distantes, que se confundem com as evocações da infância. A última compra: um móvel chinês de múltiplas gavetas e compartimentos, para guardar álbuns e caixas.

Quando a notícia do seu falecimento chega aos ouvidos da diocese correspondente, seu sucessor já está nomeado. Seu decesso foi previsto, dada sua avançada idade e as informações recebidas havia tempos de seus problemas de saúde. De modo que o novo sacerdote não demora a chegar. É um homem jovem, tão jovem como era seu antecessor ao chegar à região. Seus primeiros passos são os mesmos: comprovar o estado de extrema necessidade em que vive seu rebanho, antecipando mentalmente o bem que a prática da beneficência poderá fazer, como uma chuva fecundante em um solo seco. Há algo, no entanto, que não se repete: sua própria instalação foi prevista, e esplendidamente.

Só que é mais do que "instalação" e algo mais do que "prevista": é o que sente ao percorrer a casa, ao admirá-la, ao comprovar suas comodidades, suas delicadezas. É como se já tivesse estado ali, como se alguém houvesse examinado sua pessoa com um microscópio feito de dias e de noites, de sonhos e de vigílias, com a intenção de conhecê-lo e de se comunicar com ele. E se para conhecer alguém que está presente bastam umas palavras e olhares, para conhecer alguém que não está, e que quem sabe não exista (porque, calcula, a construção desta casa se iniciou antes de que ele nascesse), é preciso muito mais, e prova disso são essa mansão imensa e seu parque insondável, com sua miríade de riquezas.

Atento a seus deveres, percorre o povoado vizinho, e se horroriza devidamente com a miséria e o abandono. A primeira impressão é de surpresa e intriga, pelo contraste entre essa desolação e os luxos da casa. Pouco a pouco, com o correr dos dias, começa a entender: não se enganou ao sentir, quando entrou pela primeira vez na casa, que ela queria lhe dizer algo. A casa, o jardim, cada objeto é uma mensagem dirigida a ele, uma mensagem muito personalizada e direcionada ao mais fundo dele, à sua parte divina.

E tão correta é a sintaxe dessa mensagem que ele acaba entendendo tudo. Já entendera, mesmo sem pôr em palavras, que a casa fora pensada e feita para ele. As palavras, quando pode articulá-las, dão a ele o motivo: seu antecessor, do qual não sabia nada, mas agora começa, pelo fio do motivo, a saber muito, quis que ele tivesse tudo para não ter que separar nada para si, podendo entregar todo seu bem aos pobres. É bastante óbvio, na realidade. Explica-se sozinho. Sente uma profunda e crescente admiração pelo sacrifício que esse homem fez. Renunciou a cumprir sua missão, e assim abrir para si as portas do céu, para que ele possa cumprir. Parece, ele pensa, uma dessas fábulas orientais, de misticismo insondável e mecanismo engenhoso. Explorar a casa e seus tesouros lhe dá a sensação de adentrar numa fábula, num palácio do déjà-vu, no qual ele já esteve, onde cada passo e cada movimento já aconteceu antes.

Ele agradece por isso, claro. O que mais poderia fazer? Como não sentir gratidão por esse gênio benévolo que empregou a própria vida para aplanar a sua? Mas pressente que há algo mais. Que pode fazer "outra coisa". Pois aceitar o dom e pronto, como se o tivesse ganhado, o faria ficar abaixo das imensas expectativas depositadas nele.

Sua missão vai se delineando pouco a pouco e com vacilações das quais são testemunhas os pobres, que estão suportando, na nudez e na fome, um inverno cruel. Seus fundos são abundantes e ele não tem por que gastar um centavo com suas próprias necessidades... A tentação é grande de derramar bens sobre aqueles que clamam em silêncio por eles. Mas é justamente isso: uma tentação. Mais forte é o desejo de resistir a ela, mais forte é o exemplo de além-túmulo que seu sucessor lhe dá. Ele fez algo tão heroico, tão santo a seu modo, que a imitação se impõe. Além disso, seria uma injustiça para com ele limitar-se a recolher os frutos de sua ação. E a essas razões, todas elas válidas, se soma uma força irresistível, a que lhe é adjudicada por uma origem superior.

Portanto decidiu, ele também, preparar a ação para seu sucessor, sacrificando-se, proibindo-se de empregar na caridade o dinheiro de que dispõe, usando-o na casa. Exalta-o a perspectiva de trabalhar para outro que não conhece nem nunca conhecerá, adivinhando seus gostos, seus hábitos, até suas pequenas manias, e dando-lhes uma resposta antecipada. É como ter uma companhia, um desses "amigos imaginários" das crianças, mas sem fantasia. E dar a ele, como um legado sem igual, o tesouro inigualável de poder dar.

A decisão tem um lado doloroso, pois em suas excursões fora dos limites da propriedade tem a oportunidade de comprovar os extremos de angústia aos quais a doença pode levar quando não há como comprar remédios, diante da desnutrição infantil, da precariedade de moradia, no meio dominado pela miséria. E se separasse uma parte do dinheiro?... Não. Mais uma vez a tentação. Compreende que é um jogo de tudo ou nada. Não é possível servir a dois senhores.

Outra objeção, mais séria, é que a casa já está pronta, e as necessidades de seu habitante contempladas. Para ele é muito fácil deixá-la de lado. Mesmo com toda a pretendida perfeição à qual seu predecessor dedicou a vida, com todo o amor que pôs nisso, é evidente demais que falta muito... Ao menos é evidente para ele, por dois motivos: primeiro, porque com a passagem do tempo, ao ter mais acesso à informação, e com ela mais consumo, aumentam e se diversificam as necessidades, bem como o modo de satisfazê-las. O comovente esforço de deixar preparadas as respostas a todos os desejos se revela agora quase insuficiente. E segundo, e mais importante: porque ele já conta com sua própria experiência como receptor do dom, e pode operar com conhecimento de causa, quando antes isso foi feito só por intuição e adivinhação.

Não demora, então, em pôr mãos à obra. O primeiro trabalho, tornado necessário pelo frio desse inverno, é substituir o sistema de aquecimento existente, que os avanços técnicos tornaram obsoleto, por um moderno, com reguladores de temperatura. Isso o faz pensar, numa primeira vez de uma longuíssima série, no seu sucessor. Será friorento? Bastar pensar nisso para sentir um primeiro contato com ele, pressentindo que dali em diante ele o acompanhará, calado e inexistente, mas nem por isso menos eloquente; no espelho, vê a si mesmo, pressentido e inexistente, acompanhando o construtor da casa, antes... A instalação do novo aquecedor autorregulado e dos canos compromete a casa toda, até os cantos mais recônditos, e aí o sacerdote vai tomando notas de melhorias e acréscimos que, em alguns casos, se impõem e em outros obedecem à lógica do aperfeiçoamento com vistas ao futuro morador. O próprio assunto do aquecimento leva a somar às amenidades da casa um jardim de inverno. Como um novo Jano, o sacerdote olha para seu antecessor ("como pôde esquecer disso", frase que repetirá muitas vezes) e para seu sucessor ("pode ser um amante das flores"). Enche-o de orquídeas, palmeiras-anãs, bromélias, criando um trópico de cores e perfumes e formas que se abrem e se fecham num retábulo de belezas desconhecidas.

Como a potência do novo sistema de caldeiras excede as necessidades da casa, aproveita para construir num dos subsolos uma piscina aquecida, complementando-a com um solário envidraçado. Talvez o sacerdote para quem faz isso não tenha interesse na natação, nem em pegar sol; mas talvez sim...

Com o passar do tempo, a figura do outro vai se tornando mais precisa, no vaivém das alternativas de seus possíveis interesses. Pensando nele mesmo sendo outro, é invadido por uma curiosa vertigem, que o impele a ir adiante. Tudo o que ele vê na casa, a casa mesma, foi pensado e feito como hipótese aplicada a ele, e ele agora replica a ação, completando-a, aperfeiçoando-a.

Toda uma ala do setor de mansardas, a que mais luz recebe, é transformada num ateliê de pintura, escultura ou qualquer arte ou artesanato, derrubando paredes e substituindo os muros externos de alvenaria por janelões... As possibilidades ficam abertas, de modo que o sacerdote enche esse amplo ambiente de cavaletes, pranchetas de desenho, fornos de cerâmica, molduras, papéis, pincéis, cinzéis. Levado pela ideia da arte, cria embaixo, no "*piano nobile*", uma sala de música com câmara acústica e isolamento sonoro, para a qual manda trazer um piano Bösendorfer, uma harpa Erard, violinos e violoncelos dos melhores luthiers, além de diversos instrumentos exóticos, de corda, sopro e percussão, entre os quais não falta um precioso shamisen. Junto dessa sala, na qual fundiu dois quartos internos considerados inúteis, e reunindo outros dois, um pequeno teatrinho, com trinta poltronas (estofadas com veludo cotelê veneziano de cor vinho), decoração rococó e um cenário dotado dos mecanismos mais avançados para as mudanças de cenografia e iluminação.

Num dado momento dessas obras, sobrepondo-se a elas, começam as do parque, para o qual empreende grandes projetos. O primeiro é a construção de um pavilhão de chá, em cujo design e execução mergulha a fundo, porque quer fazer dele um epítome de refinamento e conforto; faz algo leve, etéreo, uma casinha de asa de libélula, fundida com a natureza que o rodeia, de modo a contrastar com a majestosa solidez da casa. Dá a isso a máxima importância, pois deve ser a alternativa geral para a casa toda. Rejeita um após outro projetos de vários arquitetos prestigiosos, até que um deles, com suas instruções e alterações, o satisfaz, e a construção se inicia. Descartados o tijolo e a argamassa, tudo é feito com bambu e madeiras raras, tecidos, vidro, papel. É um refúgio de conto de fadas, cuja amplitude se dissimula na folhagem circundante, nas trepadeiras floridas que prolongam a estrutura, em seus desníveis escondidos. Os interiores, de calculada austeridade, abundam em pequenos salões que se debruçam sobre diferentes perspectivas do parque, em painéis de correr, ráfias e tapetes. Uma ampla varanda suspensa recebe o visitante com sugestões de trópicos coloniais.

O parque, com o transcurso das estações, faz convergir sua atenção, e o sacerdote se dedica a ele durante muito tempo, sem esquecer os trabalhos na casa, onde sempre há algo a fazer. À renovação dos arvoredos, a incorporação de avenidas de estátuas, as topiarias, fontes, pergolados, uma gruta, cumula o empreendimento de programas mais ambiciosos. Enche o parque de cervos, de raça delicada e decorativa, como o são os faisões e pavões reais, que também importa, e coloca pessoal especializado para cuidar e criar, e começam a ser raios de cor entre as plantas, fugidios e luxuosos.

Ele vê a categoria "animais" como um grave esquecimento do seu antecessor; pensando em um homem futuro que ele não conhece, e tentando cobrir todas as suas necessidades, a necessidade de animais com os quais conviver pode ser uma prioridade. Ou não. Nunca se sabe. Mas esses humildes companheiros silenciosos foram um consolo ou uma alegria para tanta gente que não deveriam ser descartados. Para seu sucessor poderiam ser uma prioridade e o custo de sua aquisição e instalação seria igual ao que ele subtrairia da ajuda aos pobres. Portanto se ocupa em construir estábulos e canis, com graciosos formatos de castelos medievais, templos indianos ou pirâmides maias, tudo em escala, enchendo-os de belos corcéis árabes, além de galgos e mastins, lulus-da-pomerânia e poodles. Um alto columbário, no topo de uma colina artificial atrás do lago, se enche de finas pombas trazidas de terras longínquas. E dentro de casa, vários aquários, de tamanhos diferentes, como relaxante decoração móvel e viva, que culmina em um gigante, de parede inteira, com uma grande arraia dourada do Índico, deslizando entre barracudas amarelas e peixinhos vermelhos como o rubi e, tão brilhantes quanto, polvos viscosos e os cavalos-marinhos que cavalgam a transparência como marionetes.

O tempo passa, a vida do sacerdote transcorre entre o trabalho e a esperança. O trabalho parece que tem algo de microscopia. A casa foi deixada para ele inteira e completa, mas do momento em que ele se decidiu a não aceitar o convite da santidade e trasladá-lo ao que viria depois, foi encontrando nessa suposta completude finas brechas para preencher e continua encontrando-as ainda muito depois e depois de muito fazer. E em cada um dos acréscimos e melhoras define mais um traço, sempre alternativo, sempre no terreno das possibilidades, desse outro porvir, que será quem os abrirá, a ele e ao anterior, as portas do céu com as chaves de ouro da Caridade.

A Caridade, com efeito, não cai no esquecimento do sacerdote. Muito pelo contrário, é o centro e o motor de seus empenhos. Não é ele quem a fará, e isso lhe dói profundamente. Em suas visitas à área habitada pelos indigentes deve fechar os olhos para o inumano de uma situação que não pode remediar: chegou cedo demais. Consola-se pensando que dá no mesmo fazê-lo agora ou uma geração depois: esse tipo de situação desesperada, por sua própria natureza, tende a se eternizar. E quando volta para a casa, para seus jardins, para esse esplendor construído em nome da Caridade, vê isso traduzido no imenso bem que quem o seguir poderá fazer.

Abrigado na esperança, então, prossegue com seus trabalhos, e as saídas, como ocorrera com o sacerdote anterior, vão se espaçando; à medida que a idade avança, vão se tornando mais raras até cessarem por completo. À medida que a idade avança, se sente mais perto do homem que virá cumprir a promessa. Velho, aproxima-se desse jovem no qual tanto pensou e cujas reações considerou sem conhecê-las: suas preferências por uma cor ou outra, por um estilo de mobiliário, por um modo de passar suas noitadas... Por momentos, já nas divagações atônitas da senilidade, acredita poder tocá-lo, acredita vê-lo abrir a porta e entrar, molhado pela chuva e com as bochechas avermelhadas pelo frio, exausto depois de ter passado o dia nos barracões dos habitantes locais, confortando os doentes, levando comida e agasalho para os carentes, dirigindo a construção de uma escola... Ele quer se afastar, e para isso tem sua confortável morada... mas talvez para tornar completa sua satisfação nesse momento (fantasiado) quer, inocente gosto de homem ativo, fumar um cachimbo... e não há cachimbos na casa! Saindo de sua modorra, o sacerdote manda pedir um kit de cachimbos, de madeiras diferentes, de espuma do mar, nacarados, talhados, bem como um suporte giratório e os instrumentos usados pelos fumantes...

Nesses acréscimos, cada vez menores e íntimos, consome os últimos dias de sua vida. E há um substituto que, ao chegar, como se cumprisse um ritual, admira a casa e se espanta com a terrível miséria que a rodeia. Tal como previram seus predecessores, esse contraste acentua nele a necessidade de ação e, de fato, empreenderia a distribuição de leite e de fraldas, de remédios para os doentes, cobertores e combustível para moradias precárias e nuas, nas quais penetram os ventos frios de um duro inverno. Se demora, não é por falta de iniciativa, mas porque há tanto a fazer, tanta é a pobreza, que não sabe por onde começar, as urgências competindo ferozmente entre si. E essa demora, ainda que destinada a ser breve, basta para que seu propósito se desvie. Pois uma curiosidade natural o faz percorrer a casa, os jardins, o pavilhão de chá, o bosque dos cervos; um dia morando ali, uma hora, quem sabe só um minuto, são suficientes para que cheguem a ele os ecos do futuro de um passado que é ele mesmo, e ele começa a compreender a intenção que moveu os construtores. Acha sublime o sacrifício que fizeram por ele e lhe parece mesquinho tirar tanto proveito disso... Depois dele virá outro, e o exalta a perspectiva de trabalhar para ele, pois na medida em que vai entendendo e comprovando tudo o que foi previsto para ele, vislumbra tudo o que poderia aperfeiçoar e acrescentar para o próximo...

Não é necessário abundar na série: iria longe demais, até uma eternidade que estava à espreita desde o início. Basta dizer que o sacerdote que se segue a este terceiro, e o que se segue ao quarto, e todos os que vêm depois, decifram a mensagem e aceitam o desafio. A casa continua sendo complementada e embelezada, isolada e resplandecente, oásis de perfeição no meio do deserto de um mundo assolado pelo egoísmo e pela indiferença. Na sua permanência, a casa se torna símbolo da alma virtuosa, da alma divina, que a cadeia ininterrupta dos homens justos, o fio de ouro que percorre a História, torna cada vez mais confortável, em nome da redenção que a Caridade trará.

1º de agosto de 2010

POSFÁCIO

O realismo herético de César Aira

1.

A primeira edição de *Atos de caridade* foi publicada no dia 25 de julho de 2013, em Buenos Aires. Tratava-se de uma edição para bibliófilos, de cinquenta exemplares numerados e assinados pelo autor, em formato 17,5 × 26 cm, papel macio e impresso no pouco econômico sistema tipográfico, editada pelo selo Urania, cujos livros — únicos, frágeis, suntuosos — são duplamente artísticos: soma-se à antiga arte da escrita o mais moderno, ainda que menos requintado, labor da realização gráfica. De fato, no colofão dos exemplares que saem dessa fábrica de joias e opulências costuma-se nomear e agradecer a quem imprimiu a capa, ilustrou o miolo e supervisionou todo o processo. Como descreveu Rimbaud: "*La main à plume vaut la main à charrue. — Quel siècle à mains!*".*

A segunda edição, de 2014, publicada pela Hueders, em Santiago do Chile, é uma verdadeira ostentação de austeridade. O livrinho, de formato 12 × 17 cm e, de maneira sensata, impresso em ofsete no papel comum, não tem orelhas e sua capa foi pensada numa única e modesta cor (preta).

Uma coincidência significativa. Como se os editores tivessem feito um acordo para honrar, com uma pincelada do acaso objetivo, a faceta vanguardista de nosso autor: as duas edições, com suas modéstias e dispêndios, reproduzem o conceito e a peripécia de *Atos de caridade*.

Como já sabem os leitores desta *nouvelle*, a história é aparentemente simples: um sacerdo-

* "A mão que usa da pena vale a mão que segura o arado. — Que século de mãos!" (Arthur Rimbaud, "Sangue ruim". *Um tempo no inferno & Iluminações*. Trad. de Júlio Castañon Guimarães. São Paulo: Todavia, 2021.)

te, designado para uma região bastante desfavorecida, percebe que seu primeiro dever, além dos afazeres religiosos próprios da sua posição, é fornecer ajuda material aos moradores mergulhados na miséria. Como não precisa gastar praticamente nada consigo mesmo (além do voto de pobreza, é austero por disposição pessoal), poderá destinar todo o dinheiro que administra como pároco para tais socorros. Com isso receberá a gratidão dos desassistidos e subirá vários degraus no caminho para a salvação eterna.

Nesse ponto, no entanto, começam os problemas. O que era claro volta a se obscurecer e o nítido se esvanece. Porque a caridade, sabidamente, é, como se diz, pão para hoje e fome para amanhã. É preciso renová-la todos os dias. Claro que com todos os bens da Igreja seria possível socorrer os necessitados sem hesitação. Mas... o que aconteceria, então, com os ministros do culto a quem, seja pela dignidade própria do ofício, seja por seus hábitos de cultura e criação, se devem comodidades elementares?

A prudência, o equilíbrio entre essas duas necessidades, deve guiar a conduta do sacerdote, embora seja incontestável que quanto menos gaste consigo mais terá à disposição para ajudar os pobres.

Essa conclusão — praticamente um teorema — gera novos dilemas para o pároco. Será que não está agindo por pura vaidade?, ele se acusa. Usando os pobres em proveito próprio? Cometendo — todos juntos — os pecados da soberba, da arrogância e do egoísmo? Mas o que acontecerá com seu sucessor? Se ele, o protagonista, destina todo o seu tempo e todos os recursos para assistir aos pobres de seu rebanho e descuida das próprias necessidades (a casa paroquial, por exemplo, é pouco mais que um terreno baldio), não estará obrigando esse sacerdote que um dia ocupará seu lugar a construir uma morada minimamente aceitável, o que, logicamente, lhe impedirá de atender às necessidades dos pobres, pobres que, ainda por cima, estarão mal-acostumados pela cornucópia de ajudas materiais a que foram acostumados por ele mesmo?

Em poucas palavras: o sacerdote da nossa história decide se sacrificar para construir uma casa digna de seu sucessor, o qual, liberado graças a essas previsões de se preocupar com os próprios requerimentos, poderá se dedicar a aliviar as penas de seu rebanho, colhendo assim a gratidão deles e iniciando o caminho para a salvação eterna.

Um paradoxo divino: o protagonista, abrasado de amor por aquele que virá depois dele, a quem não conhece, mas cujos gostos começa a imaginar, decide construir essa morada magnífica ao seu sucessor, onde nada, nem o menor detalhe ou carência, o distraia de sua missão de auxiliar os pobres e, à mercê dessa santa prática, santifique-se ele próprio. Toda a caridade que, por força, deverá subtrair desses pobres que tem por perto, nos arredores da paróquia, será derramada sem limites sobre esse sucessor que ele não conhece e que, talvez, ainda não tenha nascido.

Já estamos enredados na teologia aireana. O egoísmo disfarçado de caridade. Ou a caridade com aparência de egoísmo. Jorge Luis Borges imaginou no conto "Os teólogos" a heresia dos histriões, uma de cujas variantes sustentava uma doutrina que vem muito a calhar:

> Outros histriões discorreram que o mundo acabaria quando se esgotasse o número de suas possibilidades; já que não pode haver repetições, o justo deve eliminar (cometer) os atos mais infames, para que estes não manchem o futuro e para acelerar a vinda do reino de Jesus. [...]
>
> Demóstenes cita a purificação pela lama a que eram submetidos os iniciados nos mistérios órficos; os proteicos, analogicamente, procuraram a purificação pelo mal. [...]
>
> Também diziam que não ser malvado é soberba satânica.*

O protagonista de *Atos de caridade*, despreocupado em relação ao seu rebanho, só pensa no

* Jorge Luis Borges, "Os teólogos". In: *O aleph*. Trad. de Davi Arrigucci Jr. São Paulo: Companhia das Letras, 2008, pp. 33-42.

sucessor (e no sucessor do sucessor e naqueles que os sucederem: no fim das contas, trabalha para a eternidade, uma eternidade de sucessores). Constrói então uma mansão maravilhosa, nababesca, o que o impede, é verdade, de socorrer os necessitados. Não liga. Diverte-se revisando catálogos e mais catálogos, passa o tempo, e como desfruta!, batendo papo com arquitetos, decoradores, jardineiros, paisagistas, com ostensivo descuido do seu ministério. Não está nem aí. Sua caridade, deslocada em nome de seu sucessor, só deixa o seu rebanho *momentaneamente* abandonado, uma vez que quem o suceda, aliviado até das tarefas mais elementares relativas à própria pessoa, poderá derramar sobre os pobres ajudas e socorros até deixá-los fartos. O protagonista é, no fundo, um histrião: peca ele para que o outro se salve.

Aparece, no entanto, uma nova cisma no nosso padreco. E se ele faz o que faz para que Deus, voltando atrás nos tortuosos caminhos de seus raciocínios, aprove, in extremis, seu exercício da caridade? Pretende por acaso santificar-se pecando? Nessa linha, o processo — mental — recomeça. Deus deve salvar o justo que se limita a se santificar ou o pecador que move céu e terra para que outro se salve? Jesus ou Barrabás? Como toda boa heresia, a heresia aireana parte de uma verdade circular, reversível, redonda como a roda que no conto borgeano deslocou a cruz.

À maneira de Borges, Aira propõe em *Atos de caridade* uma heresia possível. Uma heresia segundo a qual na exagerada santidade e mesmo no martírio há um fundo de arrogância. Um Deus amante da lógica (ou dos sofismas) seria — segundo essa doutrina — implacável com esse tipo de "santidades". Os exemplos são fáceis de imaginar: *A pior* do mundo, Juana? Diga-me, filha, quem você pensa que é para calçar estes coturnos? Não chega para você ser *uma* das piores? Vá pro inferno, desgraçada, por tua soberba!*

* Referência à frase firmada pela poeta barroca Juana Inés de la Cruz "Yo, la peor del mundo" [Eu, a pior do mundo].

2.

Atos de caridade ocupa um lugar muito especial na obra de César Aira. Do ponto de vista formal, é um de seus escassos relatos no tempo presente, uma estratégia narrativa que ele mesmo desmereceu expressamente numa entrevista ("A narração no presente desmerece a história, a aplana e faz perder perspectiva...").* A circunstância de que os outros casos de narração no presente sejam encontrados em obras breves — *Haikus* (2012), "El té de Dios" [O chá de Deus, 2011], "Los osos topiarios del Parque Arauco" [Os ursos topiários do Parque Arauco, 2013], *La broma* [A piada, 1997] — atenuaria essa impugnação, limitando-a aos romances ou, em geral, às histórias de maior fôlego.

Também podem ser observadas algumas particularidades no narrador desta *nouvelle*. Onisciente até onde o discurso indireto livre o permi-

* "César Aira Interview: My Ideal Is the Fairy Tale", Louisiana Chanel, 1º abr. 2013. Disponível em: <www.youtube.com/watch?v=3ly8yGQm9DY&t=231s>. Acesso em: 12 dez. 2023.

te, introduzido na consciência do protagonista, cujas ruminações teológicas, primeiro, e salamaleques detalhistas, mais tarde, estruturam o relato, suas descrições — pletóricas, voluptuosas, barrocas — não nos chegam a não ser por meio dos olhos, ou da imaginação, do padre.

No que diz respeito ao gênero, trata-se de uma história realista — realista *demais*, se poderia dizer — na medida em que é de um realismo que se desrealiza por saturação (e, em suas repetições, torna a se realizar como vanguarda). Nesse âmbito as atribulações teológicas do protagonista são a radiante desculpa de que Aira lança mão para pôr em movimento um virtuosismo inumano — *celestial* — capaz de alcançar um lirismo extremo, que, como quem tira água das pedras, descobre emoções na decoração de um corredor secundário ou no detalhe microscópico do estofado de uma poltrona.

Visitemos a casa paroquial: cozinha "aberta" e cozinha "fechada", separada da copa por uma parede; banheiros suíte e nos corredores; bibliotecas principais, menores e complementares aos quartos para leituras noturnas; pisos de pedra vulcânica ou de carvalhos da Eslavônia; mármore branco de Carrara para a escadaria principal e rosa do Irã para as colunas; sedas uzbeques para os salões; jardins formais e jardins amenos, estátuas, pracinhas, fontes; pequenos parques exóticos, laguinhos cheios de salmões e trutas...

O protagonista não repara nos gastos porque na realidade não há gasto. Ou há, mas os recursos de que dispõe são inesgotáveis. Para o sacerdote — como para o autor, como para Aladim — basta desejar para ter. O único limite é a capacidade de invenção de desejos. Dito de outra maneira: no realismo de *Atos de caridade*, o verossímil só deve prestar contas a si mesmo. Nesse padrão, Aira poderia se defender diante de um tribunal inquisidor como, segundo a célebre lenda, Flaubert se defendeu: "O padreco gastador sou eu. A literatura é pura acumulação e dispêndio. Seu orçamento não tem limites".*

* Referência à frase célebre de Gustave Flaubert: "Emma Bovary c'est moi" [Emma Bovary sou eu], em resposta às

Com efeito, a imaginação que o protagonista usa no projeto, na construção e na disposição da mobília da casa pode ser lida como uma transposição da invenção aireana. Ou vice-versa. Lembremos de uma passagem: "É o momento de se parabenizar por ter multiplicado os ambientes: o número permite satisfazer gostos e hábitos diferentes, até opostos: seja a inclinação pelo moderno, pelo conforto, pelo design, incluído o vanguardismo moderado [...]" (p. 31).

Este último *oxímoro* poderia resumir em sua tensão quase impensável (moderação e vanguardismo não se excluem?) o projeto estético de Aira. Ele mesmo, ao evocar seus começos, descreveu suas decisões em termos que não desautorizam totalmente essa caracterização — vanguardismo moderado — de sua estética:

> Nos anos 1970, entre meus amigos escritores se falava com admiração da poesia concreta dos brasi-

→ acusações de ofensa moral após a publicação de *Madame Bovary*.

leiros, e do *Coup de dés* [Um lance de dados]de Mallarmé, que era seu mito fundacional. [...] Eu aceitava tudo isso [...] Mas ao mesmo tempo, sem renunciar à minha aceitação dessas ideias de ruptura criativa, achava pobres os seus resultados. Não estava disposto a renunciar a tanto. Podia escrever algo assim em termos de jogo de salão, não nos da minha vocação, então em flor, de escritor.

Sem realmente me propor, resolvi a contradição a meu modo. Não é que queira me colocar como exemplo, mas isto é ilustrativo do que quero propor. Minha modesta superação dialética da minha modesta contradição de consciência foi uma novelinha (que nunca publiquei e nem carece): *Zilio*. Consistia de mais ou menos uma dezena de capítulos, todos repetindo o mesmo argumento: um fazendeiro do pampa, com um grande estabelecimento de muitos empregados e constantes convidados, era aficionado aos fungos, estudioso de suas espécies e variedades, e gastrônomo; saía a recolher exemplares comestíveis nos montes e prados de sua propriedade, cozinhava-os, e envenenava todo mundo: os fungos que tinha escolhido eram muito parecidos com os comestíveis, mas eram venenosos, em alto grau. Morriam todos, menos ele, que se salvava in extremis. Toda a novelinha era assim, o último capítulo igual ao primeiro, claro que com todo o tipo de variações, mas sem mudar o argumento.*

O modo como Aira resolveu a tensão entre vanguarda e história em *Zilio*, aquela novela inaugural, é o mesmo ao que recorreu em *Atos de caridade*: com a morte do sacerdote, chega o sucessor, que enfrenta os mesmos problemas. Ele também sente a tentação de se santificar ajudando os pobres, mas, não sem padecimentos interiores, resiste e, já liberado, pensa em seu predecessor (que santo homem, como se sacrificou para que não faltasse nada para ele!) e percorre a casa (falta de tudo!; como o outro não se deu conta?).

O novo pároco anota as primeiras urgências: sala de música com isolamento acústico para

* *Continuación de ideas diversas*. Santiago: Ediciones Universidad Diego Portales, 2014, pp. 29-30. [Ed. bras.: *Continuação de ideias diversas*. Trad. de Joca Wolff. Rio de Janeiro: Papéis Selvagens, 2017.]

pianos, harpas e violinos; piscina aquecida; um jardim de inverno... Os desejos de um único homem (um pequeno teatrinho) podem ser muito grandes (pavilhão de chá); mas a potência da invenção aireana (cervos e faisões para o parque) é ilimitada.

A série é reiniciada com o sucessor do sucessor e com os sucessores deste até a eternidade. Os avanços técnicos criarão novas necessidades, novos desejos e a casa crescerá, se aperfeiçoará, se adaptará aos desejos imaginários do próximo morador.

3.

Como se sua teologia endiabrada fosse pouca maravilha e seu "desenho de produção" (madeiras e azulejos, pinturas e tecidos, tapetes, lustres, vasos, louça, mármores e bronzes, cozinhas, alcovas, salões e sótãos, corredores, mansardas, porões e jardins, galerias e terraços descritos com "luxo de detalhes" e detalhes de luxo), *Atos de caridade* admite — exige, na realidade — uma leitura sociológica e, inclusive, política. Por um lado, descarta a previsível e vulgar "denúncia" das riquezas da Igreja Católica diante da pobreza de milhões de fiéis e escolhe uma designação menos maniqueísta e de furiosa atualidade mundial:

> O que nota com desânimo [...] é o desdém dos artesãos e profissionais que trabalham na casa pela caridade. Eles veem com naturalidade, e até consideram de plena justiça, que ele construa uma luxuosa mansão relegando ao esquecimento o auxílio aos necessitados [...] a pobreza e, a fortiori, a miséria são um estágio da sociedade e, como tal, impossível de erradicar. E que necessidade há de erradicá-las? Eles vivem felizes com suas carências, que não reconhecem como tais. (pp. 34-5)

Por outro lado, quem nos apresenta o revés estilístico do decadentismo destinado às magnificências da casa paroquial é um naturalismo extremo, impiedoso, que descobre, com os olhos do sacerdote, a miséria nua de suas ovelhas: fedores, farrapos, deformações, choros, aglomerações, paralisias, cegueiras, idiotizações várias...

O final consiste numa patente alegoria (a casa, cada vez mais resplandecente, seria um símbolo da caridade de cada pároco por esse sucessor que não conhece no meio de um mundo onde prima o egoísmo). Ou num chiste ultratextual: é célebre, ainda que anônimo, o egoísta que certa vez juntou os significantes "Caridade" e "Casa" num provérbio desavergonhado que *Atos de caridade*, sabiamente, não se abstém de citar.

RICARDO STRAFACCE

Nasceu em Buenos Aires em 1958 e é autor de Osvaldo Lamborghini, una biografía *(Mansalva, 2008),* César Aira, un catálogo *(Mansalva, 2018) e* Diario del año de la peste *(Borde Perdido, 2020), além de vários romances e livros de poesia. Em 2014 recebeu o prêmio Konex e em 2016 o prêmio Municipal de Literatura da cidade de Buenos Aires. Já foi traduzido para o francês e o hebraico.*

Título original: *Actos de caridad*

DIRETORAS EDITORIAIS Fernanda Diamant e Rita Mattar
EDITORA Eloah Pina
ASSISTENTE EDITORIAL Millena Machado
PREPARAÇÃO Sheyla Miranda
REVISÃO Eduardo Russo e Livia Azevedo Lima
DIRETORA DE ARTE Julia Monteiro
IDENTIDADE VISUAL E CAPA Celso Longo e Daniel Trench
IMAGEM DE CAPA DEA/ C. BALOSSINI/ De Agostini/ Getty Images
PROJETO GRÁFICO DE MIOLO Alles Blau
EDITORAÇÃO ELETRÔNICA Página Viva

Dados Internacionais de Catalogação na Publicação (CIP)
(Câmara Brasileira do Livro, SP, Brasil)

Aira, César
Atos de caridade / César Aira ; tradução Joca Wolff, Paloma Vidal ; posfácio por Ricardo Strafacce. — São Paulo : Fósforo, 2024.
Título original: Actos de caridad.
ISBN: 978-65-6000-050-6
1. Ficção argentina I. Wolff, Joca. II. Vidal, Paloma. III. Strafacce, Ricardo. IV. Título.

23-187283 CDD — Ar863

Índice para catálogo sistemático:
1. Ficção : Literatura argentina Ar863
Eliane de Freitas Leite — Bibliotecária — CRB-8/8415

Editora Fósforo
Rua 24 de Maio, 270/276, 10º andar, salas 1 e 2 — República
01041-001 — São Paulo, SP, Brasil — Tel: (11) 3224.2055
contato@fosforoeditora.com.br / www.fosforoeditora.com.br

Este livro foi composto em GT Alpina
e GT Flexa e impresso pela Ipsis
em papel Biblioprint 60 g/m² para a
Editora Fósforo em abril de 2024.